# サ・ブ・ラ、此の岸で

沢田敏子 *Sawada Toshiko*

編集工房ノア

# 詩集　サ・ブ・ラ、此の岸で　目次

装幀　森本良成

*

# 一台の自転車のような祈りが道を行く

一台の自転車のような祈りが道を行く
ある晴れた日に
祈りを抱きしめた人は
まだ問い続けている　河口までの
選ぶほどはない道をそれでも決めてきたことについて

すれちがって過ぎる人や犬や　ジョガーたちの脚
川沿いの舗道
風景のふちが少し歪むのは　先年の

眼科手術が進行をとどめているところ
——まだ　まだ　すこぅしずつよくなりますよ

一台の自転車のような痛みがかかわる
ときどきの　整復師やトレーナーたち
おりおりの　小首を傾げる小動物や
心療内科医やセラピストたち

女は　このごろ〈おまえ〉と　じぶんに親しく呼びかける
好きだった歌手がうたった自他への
青々しい思想に賛意を込めて
直線は女の性に合わなかったけれど
引き摺ってきた跡は概ね真っ直ぐに近い

一つの単純が一台の自転車をまだ乗り継いでいる
その晴れた日に
敷布を洗い　窓を開け放っておもう
ハンドルのわずかな傾き加減に
女の　からだが従容と馴染むことについて

——ラオジャー
澄んだ拼音《ピンイン》を連れて
アジアの人がなにかを尋ねかけてくる

# 席

老いた息子と
さらに老いた母親とが
モーニングサービス付きの珈琲をしずかに喫み終え
二人して席を立って行った
今生の
午前の時間が
コップ　皿　匙　碗　フォークを
奏で続ける　洗い場のすべての音を集め
店内に満ちていた

（買い忘れたものはもうないね）
（ああ　もうない）
ひと言ふた言　つつましい言葉を交わし
ためらいがちな膝から
どちらが先にともなく人、人の流れを渡ろうとして
そのときドアが開いた　新緑のまだやわらかな日
慈眼の菩薩が一人　来て
空いたばかりの席に掛けた

# 洱海

雲南は雲の彼方にあるところ
吹き寄せられた花のようにも
胡蝶のようにも見える民族衣裳と
おぼえきれぬほどの
自治県と自治州の名を持つところ
雲南は山と雲と水の国だ
雨季と乾季が
人と方位が　抱き合って反転するアクロバット

アルハイ　じかい

その雲南に初めに人が住み着いた四千年前
蒼山の十九の峰を映す
洱海は　まだ萌芽もなかった
生まれては消える雲の翳りほどにも
八百年前の地図にようやく
忽然と現れた湖は
はじめに雲から生まれ　水から土から生まれ
ほんとうは言葉から生まれたのだろう

アルハイ　じかい

人の〈耳〉のかたちのようだと言い
見たことはない〈海〉のようだと
言った人たちの言葉の中から

アルハイ　　　　じかい

雲南の細長い耳
耳の中で波立つ空
耳の中に鳴り渡る風が生まれた

二十三人の王を戴き
フビライに滅ぼされた大理国を見下ろす崇聖寺に

すでに寺はなく
巨大な三つの塔だけが宙に伸びていた
その最も高い主塔はさらに溯って南詔国を見下ろす
歴史を繙けばそのころ
安史の大乱　黄巣の大乱　五代十国
クーデターや内乱や興亡の正史の外にあった国だ
(唐も宋もここまでは及ばなかった)

じかい
あえてよかった　あなたに

羽化した蝶になってさらに溯っていけば
北の部族も南の部族も入り組み
東の人も西の人も行き交い

言葉を混血させたり
絶やしたり
さらに翔べば
不意にわれらの始祖に似た人が
石器時代の空から舞い下りたりする

風水の樹の声を聴く
　あなたにあえてよかった

そんとんしょんしぃはおぽんよお

＊蒼山…雲南省大理白族《ペー》自治州に南北に連なる、全山が大理石からなるといわれる山脈。
＊洱海…蒼山に沿って、州都にある海抜二千メートルの湖。メコン川源流の瀾滄江に注ぎ込む。
＊大理国…十世紀〜十三世紀にあった白族の国。
＊南詔国…七世紀末に周辺他部族を糾合した南の部族の国。大理は、その後、白族の大理国が蒙古軍に滅ぼされるまで五百年間にわたり雲南地方の中心地だった。

# 小さな夜と昼のこと

## 1

ねむれないのはつらいが
夜具の中の片半身は覚めたままで
牛乳屋さんの軽四輪車や
新聞配達員のバイクが
遠い闇の方から来て通り過ぎて行く
あの音を聞くのはきらいではない

あとには何ごともなく

静謐の闇が戻って来るのも

2

一夜　の空に架けられたアーチは
一世《ひとよ》　の空に架かっていたアーチのように
懐かしいことがある

3

〈ねむらない人〉だった
病棟の勤務に就いた夜の　あなたは
〈ねむりたい人〉だった
夜勤明けの引き継ぎ長引いた　あなたは

獺《かわうそ》のようにねむる昼と
梟《ふくろう》のようにねむらない夜を持った

日は高くあり
星ぼしの降るときをいくつか重ねたのち

やがて天の音楽が
もうねむらないあなたをさらっていった

# そこにいた束の間のこと

竈《かまど》の真向かいで
火の音を聴きながら読んだ一冊の本から覚めると
文字を　閉じ
焚口を　閉めた

スカートの前を払って立つ　少女の儀礼

＊

厚い前掛けの　大柄な醬油商のことを
〈フカツさん〉と　呼んだ
竈屋《かまや》に据えた醬油樽ごと取り替えていくのだ
その人のせいで
土間はいつも滴った醬油の匂いがした

＊

土足の　竈屋《かまや》
あなうらの　台所《だいどこ》を経て
物置《そこ》へは
渡り廊下から締め切った引き戸の前まで
戸を開けたなら　もう鼠一匹入れぬよう
後ろ手に閉めなければ、かたく――

人ひとり立つのに足りるだけの隙間に誘われ
無口な人　ひとりずつ
入れ替わってそこに入り
そこを出た
そこに立つ束の間がわたしをはぐくんだ
搗臼《つきうす》　杵　竹箕《たけみ》　暗がる物たちにぶつからぬよう
手を伸ばすと
家系の顔が滲み出る常滑の壺に
塩　味噌　梅干し　らっきょうなど
淀んでいる外よりも
ここにはむしろ清いものがあった
暗順応していくわたしの
背に　天の嵌込み窓から光る埃が降ってくる
わたしは生まれていたのだろうか

# うめ

ふかいひび割れをもつ
はがれそうな表皮を寒にさらし
しろいためいきひとつ
ふたつ吐くように梅の花が咲く
くらぐらと畑に立つひとよ
いっぽんの古梅が
わん曲の身に咲かせる
しろくさびしいまんかいのはてに
梅の花は梅の実をむすんだ

そのひと——祖母の名まえも
うめ
というのだった
法名は芳香院釈尼妙梅という

梅の中に母が
いるとは知っていたが
梅の中に祖母も
いたのだった
生涯その足で踏み固めたような庭《おもて》に
梅の実やしその葉を干しながら
おもいをはなつように
こごんだ腰をそらせたものだ
おうめさ——のふたつの乳房は

地を見るばかりだったが
豊穣多産をなかだつ梅は
くらぐらと立つ体軀から
清浄《しょうじょう》の花をひらくのだった

# 誰が不在者《ひと》を見たでしょう

一族には　誰かしら写らない者がいて
自らの意思のように
あるいは　ついいつもそのような役割を甘受して
写された人たちと仄暗く向き合う
〈写す人〉　がいた

菊人形と名古屋城を背に
すっかりO脚になった母が誇らしげに立っているとき
レンズのこちらにいた人を

写真はいっこう語らない
〈写した人〉　のことを

誰がシャッターを押したのだったか？

ずっとあとから
おなじ日のおなじ場所らしい　別の一枚に見つけた
「いたのよ」
などと　花影《あちら》から声を発する者でもなかったから
〈者〉と　ただ呼びたい　いとおしい者よ
そちらにも　菊がさかりに咲いていていますか

あれから　皆で大通りを歩いて
デパートへ行き　昼の食事をした

途中　いちばん幼い者が少しぐずって
（ほんとうは　わたしたちまだそこへ向かっている）
とうに点滅している記憶を現像すれば

不在者がわたしたちを写す

なんでもない　ひと日を　その指先にあつめ
少ししゃがんで構えた者のせかいが
はらり　傾いたまま
写される　わたしたちの　像をむすぶ

# あんず

――病が癒えたら、

そう問われたとする
（自ら問うたとする）　さて
今なら
抱えきれないほどの
持ち越した仕事があることにふるえつつ
なにから始めればと思案するばかりだが

病が癒えたら

あのころはかろがろと
あんず村へ行こう、とおもった
背負うほどの深遠な課題も知らず
あのころは
病が癒えたら、本当は働かなければならなかったが
建てて間のない家のローンや
学費や食費や新聞代や
もろもろのそれらの足し前のために。
病が癒えたら、しかし
あんず村へ行こう、とおもった
二十余年前の術後のわたしには
あんず村を訪ねる猶予と熱量が
まだ残されていたのだ
あんず村で

ただ一軒の温泉にひとり浸かったのは
ふたとせばかりあとの春であった

かぎ裂きの
術創を湯の中に沈め。

花とジャムの香りが漂っていた村で
あんずの花の精に見下ろされてわたしは
母胎《はは》の海から上陸するように
湯から上がった。

# サ・ブ・ラ

言葉はときに痕跡であることを余儀なくされるけれど
痕跡としてはかなりアザヤカ
サブラという多肉植物
図鑑など探し回るより
聴けばよいのだとわかった　心の耳を傾け
〈サブラ〉はアラビア語で〈忍耐〉と〈不屈〉の意
忍ぶこと
屈しないこと
瓦礫と粉塵と血と熱
近代ヘブライ口語 *sabre* の字義は

なんとヒラウチワサボテン
アラビア語 *sabrah* では外側が固いが、内側が軟らかいことを
暗に指す
どちらが植民者でいずれが被植民者であるのかも
一見わからないほど、どちらにあっても
元の自生地に
ただ花ととげとげの中が赤くて甘い実をつける
その植物について
ガザの医師は記す
（それでも、私は憎まない）

＊イスラエルの病院の産科医師として働くパレスチナ人イゼルディン・アブエライシュ氏は、二〇〇九年一月イスラエル軍のガザへの爆撃により三人の娘と姪を殺された。
＊最終行はアブエライシュ氏の著書名。

# それ――

それ　は
割れた硝子の体温計からこぼれ落ちる水銀の
微細な粒を床に散らし
ぽろろろろろろろろ……ろろ
そのものを
匿した

ひとつには　もどらない形態《かたち》で
姿態《すがた》さえ　あったのかどうか

萌えていた兆しが
揺れさだまらないものが
名指されて
言葉を与えられて
あるものに
できごとに
なる

のちに
雪崩の体験《それ》であることをわたしたちは知るだろう

〈イド〉
ジークムント・フロイトが指した影のように

あるとき　洗面所の剝がれかけた
〈ムカデ注意！〉の貼り紙みたいに
ざわわわわわ〜〜わ
怪異なものの行方を
突きとめかねて　ふた夏

わたしたちは晩に　ここで着衣を脱ぐ
裸足のあなうらが熱い

# 葉書

雲の葉書がつぎつぎ青い空を飛んでいく日

詩人K・Nのくちびるから暗黒郷《ディストピア》が語られた、そのとき
わたしの書きかけだった暗黒郷を語る詩も
キャンパスノートの罫線から空へ解き放たれていった
数日後の一九四二年、わたしは
政権を批判する285枚の葉書を密かに書き、斬首された
クヴァンゲル夫妻の映画を観た

ベルリン、ヤブロンスキ通り55番のアパート
稚拙なブロック体の文字で書かれた葉書。

（二〇一七年七月のある詩祭にて）

# あしたの学校

地面にしつらえられた
小さな席が
かれの生きていく場所だった
解放された元〈少年兵〉のからだは
左上腕から下が　なかった

戦闘が　日常だった
訓練も実戦も　ちがいなどなく
酷薄な日々を飢えと渇きに代え

わずかな休憩に　やせたいのちを満たして
気づいたら　ここにきていた

だから　解放されても
村へ帰れない少年たちは
武装組織に戻ってしまうことがあるという
生きていく世界は
針の穴のように狭く苦痛だ

けれど　12ひく3は9です
ボードに書かれる数字は　世界に通じる
ここにきて　たくさんのことを
おぼえなければいけないから　と
少年は微かに含羞の笑みを泛《うか》べた

〈幻肢痛*〉が世界をさいなんでいる
あした　またここへくるため
かれは　荒ら土を蹴り
道を辿っていく
〈あした〉への帰り道を

＊失った腕や脚が存在するかのように脳が知覚する疼きや痛み。

郵便はがき

恐縮ですが、
切手を貼って
お出し下さい

531-0071

［受取人］

大阪市北区中津3―17―5

株式会社
**編集工房ノア** 行

★通信欄

# 通信用カード

**お願い**

このはがきを、当社への通信あるいは当社刊行書のご注文にご利用下さい。
お名前は愛読者名簿に登録し、新刊のお知らせなどをお送りします。

お求めいただいた書物名

本書についてのご感想、今後出版を希望される出版物・著者について

## ◎直接購読申込書

| | | |
|---|---|---|
| (書名) | (価格) ¥ | (部数) 部 |
| (書名) | (価格) ¥ | (部数) 部 |
| (書名) | (価格) ¥ | (部数) 部 |

ご氏名　　　　　　（　　歳）　電話

ご住所　〒

| | | |
|---|---|---|
| 書店配本の場合 | 取次 | この欄は書店または当社で記入します。 |
| 県市区　　書店 | | |

# Infant——本の破れ

（あれは、いかなる破れだったのだろう）

赭土《あかつち》色の道の脇に
いつ置かれたのか、籠に入れられた赤ん坊が
否、舞い立つばかりの天使が。

停まった軍用車輛から兵士が顔を出し
地面に降り立ち歩いていく、近づいていく
黒衣の天使と知らずに。

籠の中の
湖色《うみ》のつぶらかな瞳に小さな空が映っている
近づいた兵士は覗き込むだろう
と
世界は思っているだろう

永遠の一瞬が走る。

清潔な産衣の下に
爆破装置がくるまれていたとしても
インファント
〈もの言わぬ者〉と名づけられた
瞳は一団の兵士らを惹き寄せ

くちびるはいのちの赤みを帯びて。

ときは　とまれ
老いた時神のあばらの上で
ときのキャタピラーは　とまれ。

わたしのダイニングテーブルの上に
市外の図書館から借り出され、届いた一冊の本
捲ると一枚の紙が挿まれていた

この資料には汚れがあります。
（p．44、63～65、115、120、155、228）
書き込みがあります。

（そで）
破損箇所があります。
（表紙ヤブレ、ワレ　p．117、130）
その他。
（折れあと　p．69）

この本のなんというしずかさだろう
あまたのいたみをくぐりきて
その一ページには惨憺たる証言が記されているのに

汚れ。書き込み。破損。折れあと。
緘黙するあのかたのまなざしの下で……

（いかなる指が、そこをなぞったのだろう）

＊ infant（赤ん坊、子ども）はラテン語の infans（もの言わぬ者）に由来する。

# 井戸を浚《さら》う

井戸が　濁っています
と　聞けば都市の人はふと
自分の肝胆あたりに思いを垂らすのだろう

けれど　井戸は外にあるので
だれか人を降ろさなければならない
おとなたちが集まり　一日
底を浚《さら》い　濁りを除こうというのだ
井戸はすでに幾代かにわたり根を張る　地中の

一本の樹のごとく梢をひろげ
覗き込むわたくしを映す。

釣瓶から手押しポンプに　それから
電動機《モーター》で汲み上げられるようになっても
見えない井戸から　水が来た

離れた市域から遅れて上水道が導かれると
水に落胆したのだ、わたくしの連れ合いが。
帰省した夏の冷たく旨いコップの水
冬の朝の顔を包むやわらかなぬくみある水
地中の　あの樹はもう枯れたのだろうか。

――水がきたとき、まっさきに来るのは、牛と

　子どもです。

旱魃と戦乱に挟まれたアフガンの荒土に
井戸を掘り
用水路を拓く人は　言った*
世界が錯覚で成り立っている、と。

ダラエ・ヌールの集落に
横井戸《カレーズ》の水が迸っていく。

井戸が　濁っていますか？

打ち捨てられてあるコンクリートの井戸枠が
地面から少しだけ　出ている。

空と地をつなぐために
井戸が　わたくしの外にあるので
埋められていても　地下の水面が微かに漣立ち
こころがきょうめいしたりする。

＊中村　哲。医師。
＊ダラエ・ヌール…アフガニスタン東部に村や耕作地を抱く溪谷地帯。

# 島の婚——ひとつのコンティニュイティ

島には樹々と岩と水があり
鰭や甲羅のあるものが波間に来た

初めに男が、嵐の海から漂着したのだ
男は幾度も島からの脱出を企てた
そのたびに見えない破壊力が
男の組んだ筏を真っぷたつに裂き、阻んだ
それから女が、やはり海から化身して現れた
子どもが、育った。シンプルな線のように。

台詞《ことば》はなかった。

やむにやまれず迸る声を包む風のさわぎ
あぁ、おっ。ほぉー。
星と月の無音。遙けき文明からの暗号
災厄もまた、海から家族を襲う。大津波が島を呑む。
息子はあるとき、ついに海の向こうへ
ひとり漕ぎ出していった。

——家族の生成と終焉。
いのちの轟きとさらなる循環。
そんな物語を監督は愛を込めて編んだ
いっさいのことばを削いで。
島には

何が残されたか　一編の寓喩だ。

一編の寓喩が漂着したとき
男は　ふいに歳をとった。
女も　ふいに歳をとった。
すなわち男は死んだ、浜辺で。
女はかなしみ、亡骸に添い寝し
ついには砂に老いたアカウミガメの足跡をつけて
海へと還っていった。

*

日ようび。
子は、受話器の向こうで

夏に水晶婚を迎えるのだと告げた。
それから、かれらは三対の足跡を地にしるし
むら雲の下を歩いていくだろう。

（マイケル・デュドク・ドゥ・ヴィット監督映画「レッドタートル　ある島の物語」に寄せて）

*

# 業ヲ了ヘテ

明治第三小学校ノ業ヲ了ヘテ

それからの　短夜《みじかよ》にも似た歳月を
駆け抜けたわけではなかった　あるときは

工業ニ従事ス

またのちには
〈畳職人になる修行をしとらして

お茶とお花を習わしてね〉
と　有縁の者らの言う
和装で花を生ける写真のちょっと風雅な三男だった
出征してからさえ
いつ書いたのだろう　手紙
一面に出現した異郷の棉畑をまなこに映すと
〈ここはまさに陸の太平洋だ〉
などと感嘆している
（そんなはずはないが）
そんなひとであったようだ

昭和十二年一月十日現役兵ニ徴サレ歩兵第十八連隊歩兵砲隊ニ入リ
恪勤精励八月十五日一等兵ニ進ミ次テ支那事変ニ出動**九月三日**呉淞
港上陸楊行鎮　劉家行　顧家宅等ノ戦闘ニ奮戦大ニ功アリ**十月九日**

唐橋附近ノ激戦ニ於テ右胸部貫通銃創左足関節砲弾創ヲ蒙リ同日顧
家宅野戦病院ニ加療中可惜名誉ノ戦傷死ヲ遂グ

はからずも同じ部隊にいた　村の
召集兵の豆腐屋が
〈辰五郎！　おんし来たのか！〉
愕き　叫んだそうだ

日本陸軍の上海派遣軍は［まず］、第三師団と第一一師団で編成された。第三師団は愛知県と岐阜・静岡県の一部から兵隊を徴集して編成されている（師団司令部は名古屋）。……第三、第一一師団の兵隊は現役が中心だった。二〇歳から二一、二二歳までの若者である。

（森山康平）

戦地から還ってきた豆腐屋を
父親が訪ねて行った

〈ふんとのことを教えておくれんか〉と
〈ふんと〉
どんなほんとうよりも
満腔を充たした一つの〈本当〉に
こころはくしゃくしゃに　哭きながら謝して帰ったそうな
〈ほぉうだったか
　よう　教えておくれた　よう　教えておくれた〉
と　言っとらしたよ
豆腐屋は見たままを話し
父親は聞いたままを
おさめて　年をとった

＊

戦死者《そのひと》のことを　生まれたときから聞いている
なぜなら
かれが　一族の　最初で
最後の　兵であり続けるからだ
青麦を刈るように　国は
そのひとを刈り取った
にじゅういっさい　の　そのひとを
あにたちがいて　あねたちがいて　おとうとがいて
同心円を描く convoy のうえに
うめがいて　太四郎がいて　ゆきがいて　徳松がいて　とよがいて
まつゑがいて　病死した廣忠がいて　忠孝がいる…
早世の者も永らえた者も
ひとしくこの同心円のうえに戦死者を囲む
兵の供給源でもあった　日本丁抹《デンマーク》の

小さな家族である

ふと屈んで入りたくなるほど低い廂の
その家を戦死者と女たちが支えた

戦死者はわたしの　重要な他者である

*

いくつかの地名を
ついに辿り当てた　旧い地図のうえに
そのひとの還る道はなかった

黄浦江の水が長江に流れ込む地点に始まる

にじゅういっさいの　さんじゅうなのかかんの足跡
クリークとトーチカを
易々とすり抜けた人さし指に
気づけば　野の風が一瞬
の落命の地

〈唐橋附近ノ〉
そこに　わたしはついに辿り着けない

＊convoy（護送船団）…同心円の中心を囲むように人生を同行する親密な集団をさす。
＊参考資料…森山康平『日中戦争の全貌』（河出書房新社）／藤原彰『昭和の歴史5　日中全面戦争』（小学館）／川田稔『昭和陸軍全史2　日中戦争』（講談社）ほか。

# 西尾へ——ひとつの鎮魂歌

## 舟、一艘

こちらの窓辺で
管あるいは装具、ひとつ増えると
あちらの水辺では
一艘の舟を繋ぐ舫い綱の結び目が緩み、
舳《みよし》は
岸辺を離れるいつとは知らない刻を待つばかりである

# 花、神社

トラックから降りた男に呼ばれた
さわださまに　はなじんじゃさまからです
サインはここに
花、神社さまからです
届いた『茨木のり子全詩集』発行所　花神社《かしんしゃ》は
花、神社　になり
ちょっと気になる荷物を届けたように宅配便は走り去った
秋葉さま
花降るごとく火は降ったのですか　むかし

# 西尾へ

緊急入院をした病室の　きわに立つと
寝具の外に吊るされた袋がわたしの脚に触れ
母の尿である　それが温みをとどめていたかを
思うとき
詩人は　いっそう母に近しいひとになった

岩瀬文庫に行ったのは＊
詩人の没後十年　母が独り居を託った最後の冬だ
（そのあとのふた冬も個室にいた母は独り居と言えたが）
二階へ上っていくと
物だけが不在者を囲む配置で

数多い眼鏡と眼鏡ケース　筆記用具入れ
愛用のスカーフ
向老の期に開始したハングル習得のための
辞書　単語帳　もろもろ
〈倚りかからず〉の椅子から遠くを眺め
卒然と此の岸を立ち去ったひとの
まなざしが窓の外　冬の蒼天《あおぞら》から
ここまで届くような日だった
そのひとと母は三つ違いの日々を〈西尾〉で暮らした

一九二三（大正一二）年　とき子　幡豆郡西尾町に生まれる
一九二六（大正一五）年　のり子　大阪に生まれる
一九二九（昭和四）年　とき子　西尾幼稚園に通う
一九三二（昭和七）年　のり子　西尾幼稚園に通う

おとなになってのり子はうたった
「パパはいう　お医者のパパはいう
　女の子は暴れちゃいけない
　からだの中に大事な部屋があるんだから
　静かにしておいで　やさしくしておいで」＊＊
小学校の授業を終えると　とき子は家業の使いに走った
「おんしが男の子だったらなあ！」
鳶職　神谷組を構える父親は悔しがった

一九三〇（昭和五）年　とき子　西尾尋常小学校入学
一九三三（昭和八）年　のり子　西尾尋常小学校入学
一九三五（昭和一〇）年　とき子　高等女学校進学をめぐり担任教
師が両親の説得に訪れるも拒否される　両親は「跣足袋を履く」

親を持つ子が「革靴を履く」ことを許さなかった
一九三六（昭和一一）年　とき子　尋常小学校高等科を卒業
一九三七（昭和一二）年　のり子　日記に「弟とねえやと一しょに
松栄館で映画をみました」と記す　同年七月　日中戦争始まる
一九三九（昭和一四）年　のり子　西尾高等女学校入学
一九四一（昭和一六）年　太平洋戦争始まる

小さな町の同じ幼稚園と小学校で
遠く近く　日を過ごした少女らを結ぶ地名が
わたしの目に耳に
〈母の在所〉を育ててきた
母方の女たちの会話を濃く縁取った　そこ
幸町　塩町　葵町　本町　中町
旧城下町の狭い字《あざ》の町まちを

すばしこく行き交った少女らは
美しい模様の小石や折り紙を邂逅の合図のように
至近距離に置き
幡豆郡西尾町字　会生《かいせい》　と　花の木は
目と鼻の先にあった

小学校高等科を終えたのちに習得した洋裁の技量を封じ
とき子が航空機部品工場の書記に就いた太平洋戦争下
一九四三（昭和一八）年
一七歳の　のり子は東京の帝国女子薬学専門学校へ
二〇歳の　とき子は婚姻のため碧海郡明治村へ
同じ年のうちに　それぞれの〈西尾〉を離れた

このひとのその後は

東南海地震と三河地震の　立て続けの激震に見舞われ
新婚の二年間を戦争の最悪の終末期に迎え
襁褓《むつき》を縫い　褌《ふんどし》を洗った

名前を聞いたとも　顔を合わせたとも憶えてはいない
が
詩人は　手のなかの種を
パラリ　リラパ＊＊＊！
彼の岸から　ほうぼうに播き
このひとは　種を入れる巾着やポケットを縫うため
ミシンを踏み続けたものだ

年内いっぱいはどうか　春まではもつまいと
再々　告げられはしたが

どうしてか消えかけた埋み火を
搔き起こし　搔き起こし　小康を得たこのひとは
詩人の没後を　ゆっくりとおのれに満たしてきた
少女であることをはやばやと諦め
婦人であることに竦《すく》みながら
しかし　そのような心ばえを
あの詩人も母も　晩歳まで捨てなかったのではないか
とろみのついたお茶と粥をひと匙ずつ
なお嚥下の途中に
〈あきばさん〉も〈しょうえいかん〉も
このひとのライフストーリーを聴き続けたわたしの
耳の記憶にひびきわたる場所だ

手向く日

さよなら
舟の上に
花束
ひとつ置く
いつ咲いたのか
いずれ墓誌を見れば
わかるだろう
「清」の字がひとつ
つくあちらの
名を見れば

岩瀬文庫へ行った冬　病室の窓から
このひとが嫁いできたという道を眺めた
一家でしばしばあの道を辿った

盆や正月　海水浴や法要に……
油が淵の湖面がぐるりと東の端を映す
対岸のあの辺り　晩歳を
雑種の雌犬と乳母車を押して歩いただろう
そこからまっすぐ岡田煉瓦のそばを過ぎ
急な坂を上りきると上塚《かみつか》橋がある
矢作川《やはぎがわ》の上を渡って行く
「自転車、一列になって！
　後ろからトラックが来るよ。気をつけて」
兄妹《わたしたち》を先に渡らせて行く　母の声が
後ろから聞こえる
もうじき　お茶の町〈西尾〉に入る

＊西尾市岩瀬文庫特別展《詩人茨木のり子とふるさと西尾》二〇一五年一二月〜二〇一六年二月に開催された。

＊＊茨木のり子「女の子のマーチ」より。

＊＊＊同「花ゲリラ」より。

＊三河地震…一九四五年一月一三日未明に起きたM6・8の内陸直下型地震。終戦前後に四年連続して起きた四大地震（鳥取地震、東南海地震、三河地震、南海地震）の一つで、戦時下の報道管制を受け記録は少ないが、震源域ではその三十七日前に起きたばかりの東南海地震を上回る多数の家屋倒壊や死傷者を出し、壊滅した集落もあった。

*

# 此の岸で

膝に本を置いて
長いこと
中庭の見える病院の　長椅子に掛けていた
開いていたページが半ばを過ぎ
不意のざわめきに目を上げると
暗い絵の具の色になった天から
はたたくものがあった

雪よ　雪っ　ほんとだ

長い待ち時間と診察のあとで
ここへはもう来ない　と
娘は言ったのだ

目を上げると　こちら側ではまたひとしきり
影と風と光が
中世のような天幕の裂け目を震わせている
めいめいのひとの果てしなさと
それぞれのひとの儚さに
億万の粒子がそそぎ　聲が　余韻する

# あとがきにかえて——なお希望、のようなものを

新しい詩集にあとがきはつけなかった
すると今じぶんになっていつ書いたともわからない
古い言葉《メモ》の切れ端が紙の間から顔を覗かせ
わたしをおどろかせるのだ
おそらくは前の詩集以前の
ついに見ぬ未刊詩集の稿が草臥れたわたしの根方に
まだあったのか、タイトルは
〈なお希望、のようなものを——あとがきにかえて〉

というのだった

あたかも児を遺棄するように初めと終りだけで成る
文の行方をしばらく眺めた
遺棄者の足跡がまだその辺に残っていそうな
児に哺《ふく》ませる乳の用意もあったのだろう
確たる覚えもない、けれど
わたし以外には始末しようも引き受けようもないそれを
どこかにあるはずの未刊詩集の最後のページに
挿まねばならぬ

遅蒔きの菜の花の黄色がいつまでもぼーっと
土の一角を染めていた幻の日を
一人の職人が薄暗い地階で刷り上げている

〈そのことを、ここにきてもなお希望のようなものを視界に据えて
いる、といえばよいだろうか。……〉　とメモは続き

〈なお希望、のようなもの〉　は
老母の食べるビスケットのなかに溶け入り
いたいけな乳児の飲み干すあめ色のスープのなかで
あたためられる
あとがきにかえて　稚拙な今日を生きた

# 青の辞書

わたしの辞書にその語はあった　遠慮がちに
〈家郷〉
擦《す》れた紙のざらつきもいとおしい
故郷や郷里といわず
ねこのように捻くれ
〈家郷〉と書いた　はたちのころのわたしは
主《あるじ》のいない家を　わたしらは順に離巣した

その家にならすでに帰り着いた　出入りは自由！
〈家郷〉
うん　それでいい
と　いまも頷くところある
ことばえらびを　ひとまず終えて。

○

〈桑梓《そうし》〉という語にはちち・ははがいる
漢字の国の最古の詩集に

目を閉じた年月を
大河が隔て

龍の背がしぶとく這いつくばる城壁を
出現させては　滅ぶ大地に
落ち　発芽した邑《むら》
中原のいずこか　ひと組の男女が草屋を葺いた

あおあおと垣をつくる
ふたつがどちらも落葉の木であることの深慮
おやたちが手ずから植え　後裔にわたす
〈桑梓〉
ひとつのことば　ふるさとのことを
父母への敬意を払ってこう書くという

老いるわたしを揺り覚まし
辞書に繁る　ひとつのことば。

# 来訪者

大晦日の夜
送られてきた冊子を捲っていて
父の名前を見つけた
九ポイントの活字の列に紛れていた
生きた歳月をとうに越えてある　名前を
呼ぶこともなくなって久しいが

茫茫　名前とともに訪れた見知らぬ人は
いつの雨に降られてきたのか

雨合羽を頭からすっぽり被り
採ったばかりの胡瓜五、六本を
上り框に置いた

〈忠孝〉と書き〈ただよし〉
と読むのだったが　父は
活字の人は何と呼ばれるのだろう

――ただよし、さん。
ふと　声に出して呼んでみた
父に名前がある！　とわかった
四つのときのように
（茶碗と箸を持つ小さな手を休めて）
卓袱台の向かい側　その人はいた

――はあ、いい。
一度きり　父の真面目くさった応答に
どぎまぎし　照れた　わたし。

実直過ぎた　おとこ親に
ふかくは懐かなかったが
漠となった面差しよりも
名前が　先に立ち顕れるのだ
同名異人など　掃いて捨てるほどの。

名前
しかし　そのいちにんぶんの
白飯のぬくみ
を　嚙めば判る

あなたが誰であるのか
わたしが誰になろうとしたのか

この年が間もなく暮れていく窓に
見知らぬ人は
三十九年の若過ぎる享年を見つめ　瞬いた

胡瓜の青みがしきりに匂って。

# 銀色の長い針

母の声が聞こえるほうへ
行こうと　三和土のそばの渡り廊下を
スローモーション・フィルムみたいに　す、す、む
わたしは　幼くして崩壊に瀕していた

それが　おそらくからだのいちばん古い記憶だ

（足　いたいの？）
（いたくない）

（足　どうしたの？）
（わからない）

長いエピソードの
続きを知るのは老いた母ひとりになった
知ってはいるが　剝落　いちじるしい
記憶の層に埋もれ
洋々《ようよう》医館や　祈禱師や　ニセ按摩のことは
家族も知らない　わたしも知らない

小児麻痺《ポリオ》が流行り
村の学校にも罹患した後遺症のある子どもがいた
母が村の医者を見かぎり
わたしを連れ回った日の

蒼天を母の背から仰いだ気がする

目覚めた場所から
わたしはじきに出なければならなかった
四畳半に蒲団二組敷き詰め

父と母と妹とわたしがいたなんどから
祖母と兄のいたよこやへ

病名・病因　未詳
どうやらわたしは回復したらしい
学齢のころまで　転ぶことの多い
学校では　徒競走の遅い子どもだったが

十二歳のころ
雑巾をかけていた渡り廊下のところで
不意にこみ上げる感覚《もの》があった
裸足のわたしのあなうらを貫いたのは
あれは母の銀色の長い針だったのではないか　と
いや　母に当てつけるように発症した
幼いわたしの防御創が
あの朝の忘れられぬ光景だったのか　と

ひとりの幻想的乳児《ファンタスマティックベイビー》を抱いて
少女たちは　乳と汗が微かに匂うなんどを出て行った
〈母の日〉がくると　選んだ品を
五月闇よりも濃い包装紙に包んで届けた
（すると　わたしの娘もそうするのだった）

あなうらに連鎖する　記憶を　放った
母と　その母たちが　笑いさざめく
躑躅《つつじ》の根方に

（みかいけつのかだいがあります）
（それが　なにか？）

わたしを負ぶって　息を切らしそうに母が往き来した
あのあたりには　いま
〈ぐっすり屋〉という蒲団屋の看板があるだけだから
おやすみ　幼いものも　老いたものも
ベッドを　少し起こしましょうか
もう　くるし

くないよ
うに

＊幻想的乳児（fantasmatic baby）…幼いころから持っていた無意識的記憶に由来する赤ん坊のイメージ（レボヴィシ・Sらによる）。

# 千の夕景

からだに水が溜まるのでベッドを斜めに起こす
とおい海が　母のなかの海が母に　水を還してくるので
下肢にも　胸にも　水が溜まり
海の潮位が母のなかで上がるのだ

太古は海だった　この辺りに
貝塚やら籾やらを　深層に抱く地があった
その上に建つ　窓という窓がいま金色になる

○

わたしは　一枚の瓦　一式の窓枠　一塗りの壁
その家を形づくる
あなたは　わたしだ
わたしたちは　あなただ
わたしは　わたしが出会ったすべてのひとの一部だ
亡きひとよ
あなたは　あなたが出会った
すべてのわたしたちの善き一部であり続けるだろう

○

作家である父親の死が迫る日々に
その娘である人は病室で
《何かが朽ちていく時の甘い香りに似た匂い》*
を　嗅いだと書いている

そういえば　妹の病室から出てきた
ホスピス医の上衣にその匂いを嗅いだことがある
部屋では　わたしの妹がわたしの
妹である最後の日々を微笑んでいた
あれは　いのちを傾けるような微笑みだった
床には友人が持ってきたという紫陽花の一鉢があるだけの

それが〈隅田の花火〉
という名だといったのだったが
枕辺の写真立てにはいつかの正月のような老母を囲むスケッチ
――生きる老母と往く妹を集合から際立たせた描画――に
I am the part of all I have met
という一行の詩句が書き込んであった
それが誰の一行だったのかを
夕景は問わないで

＊井上麻矢著『夜中の電話　父・井上ひさし最後の言葉』より。

# 蕎麦を喰うT

一学生、であった人に

試験が終了した教室を出て通路を戻っていくと
向こうから来るTに出会った
軽く上げたわたしの手に
Tがハイタッチをして
次の時限の試験を受けるためにすれ違った

外から見れば雑多な属性の蟻集
内にあれば強固な同一性《アイデンティティ》の磁場
〈サイコロジー〉〈考古学〉〈英会話〉〈おしゃべり〉

伝言が犇めく学生談話室の掲示板に
例会案内を簡体字で書いてあるのが
〈中文〉サークルだ

Tはサークルの同学だった
毎週土曜日　サークル室には
外国を放浪したのちここに来た者や
大陸では通信兵だった老学生もいて
卒業後には日本語教師になった代表が去ったあとも
ぽんこつサークルの輪は途切れることなく続いた

Tがどんな理由でキャンパスに来ているのかは
聞かなかったが
家には　壁や襖を〈便器〉と

認識する父親がいて
Tは会社を辞め　母親を助けているといった

誰かがふとつぶやいたのは　けだし名言だった
——生涯、一学生。
毎年　入学式と卒業式は繰り返され
卒業後　専攻を変え再入学する学生少なからず
ある年　退任した教授が
新学期には　上着の内ポケットに学生証を入れて
キャンパスに現れたりしたから

かくて　サークル室の時間は続き
Tが　一歩手前でこらえているのを
サークルの誰もが気づいていた

サークルがひけたあと
ガクショクで遅い昼食を皆でとるとき
決まって蕎麦を注文するTは
丼の中が赤く染まるまで執拗に唐辛子をかけ
額に汗を噴き出して蕎麦を食べた

――そろそろ仕事、始めよ　かな。
Tの歯は欠けていた　四十歳前なのに

Tは来なくなり
サークルはなかなか解散しなかった
ようやく解散すると
OB会と称し食事会を始めた
春のころにメールが来るのだった

Tが父親と母親の世話もしているらしい
と　あるとき風信に聞いた
未明にどこからか現れたTは
上空に懸かるサークルの片側が消えた残月のことを話し
わたしのテーブルの向かい側で
また同じように額に汗を噴き出しながら
唐辛子で汁を真っ赤にした蕎麦を食べた

さよなら
試験がどんなに愉しいことだったか
世間では知らないらしいね
オープン・ユニバーシティー　の学びの樹間から
ハイタッチしようと来る　あかときのかわたれどきのT

# 始原のぶらんこ

秋桜《コスモス》が
渾然とときを共有するものたちの
寂しさをわけて咲く
ぶらんこが　近づき
遠ざかる

ながい　遊泳の記憶に尾骶骨をふるわせ
ぶらんこを漕ぐ子ども
見開いた眼に

野面《のづら》は明るんだり
眩《くら》んだりする

さっきまでいっしょにいたのは
いもうとなのか　むすめなのか
おもいだせない
時間の水を遡上するものたちのなかで
あになのか　むすこなのかわからないひとが
泳ぎながら　歩いてきたのだ

鳥なのか　魚なのか
どちらでもあったように

始原のほのかなひかりの海が

まだこの辺りにもあり
午後の公園で
ぶらんこが　近づき
遠ざかるのを
秋桜がふるえながら見ている
ひかりに濡れるってどういうこと？
土に立った日の　まだあたたかい記憶が訊いた

クロールやバタフライみたいな
這い這いを卒え　歩み出すと

ひとは　なぜだろう
はげしく　ぶらんこを漕ぐ
はちきれそうな大腿がたかぞらを往還する

本書の作品は主に前詩集以降発表した詩誌「朝明（あさけ）」「衣」「詩と思想」文芸誌「象（しょう）」『アンソロジー花音二〇一七』を初出とするほか、長く携わった市民文学祭の作品集に審査員作品として提供したものおよび未発表作品から収録した。初出時の作品の幾つかに加筆・修正をし最終稿とした。

沢田敏子（さわだ・としこ）
一九四七年愛知県生まれ　日本現代詩人会・日本詩人クラブ会員
既刊詩集
『女人説話』（一九七一年　秋津書店）
『市井の包み』（一九七六年　私家版）第十回小熊秀雄賞
『未了』（一九八〇年　朱流の会）第二十一回中日詩賞
『漲る日』（一九九〇年　土曜美術社）
『ねいろがひびく』（二〇〇九年　砂子屋書房）
『からだかなしむひと』（二〇一六年　編集工房ノア）
共著
『女性たちの大学院』（二〇〇九年　生活書院）
現住所　〒四八六―〇九一八
愛知県春日井市如意申町八―十一―九　真野方

詩集　サ・ブ・ラ、此《こ》の岸《きし》で
二〇一八年九月一日発行
著　者　沢田敏子
発行者　涸沢純平
発行所　株式会社編集工房ノア
〒五三一―〇〇七一
大阪市北区中津三―一七―五
電話〇六（六三七三）三六四一
FAX〇六（六三七三）三六四二
振替〇〇九四〇―七―三〇六四五七
組版　株式会社四国写研
印刷製本　亜細亜印刷株式会社

ISBN978-4-89271-297-5